Tim gaat naar Verweggistan

Lees ook de andere boeken over Tim:

Tim en de boot naar Timboektoe

Tim en de tsjoek-tsjoek tovertrein

Tim en de toet-toet toeringbus

Tim is een bink

Tim en de berg van goud

Tekst en tekeningen © 2005 Harmen van Straaten

© 2005 Pimento, Amsterdam

Omslagontwerp Petra Gerritsen

ISBN 90 499 2004 7

NUR 272

Pimento is een imprint van Pimento BV,
onderdeel van Foreign Media Group

Tim gaat naar Verweggistan

Harmen van Straaten

Pimento

Tim zit op zijn bed.
Hij heeft zijn koffer klaargezet.
'Boe,' hoort hij. Het is koe.
Die vraagt: 'Waar gaat de reis naartoe?'
Tim kijkt om zich heen.
'Ssst! Ik zeg het jou alleen.'
'Nou, verklap het dan.'
'Ik ga naar Verweggistan.
Maar vertel het aan niemand door.
Anders zeg ik je niets meer, hoor.'

Verweggistan, Verweggistan,
Tim gaat naar Verweggistan.
En met wie gaat hij daarheen?
Dat weet Tim alleen.

'Dag koe,' zegt ijsbeer.
'Je sprak net met de jongeheer.
Is er soms iets?'
'Nee hoor,' antwoordt koe, 'helemaal niets.
Nou ja, iets waar ik niet over praten kan.'
'O,' zegt ijsbeer, 'daar weet ik alles van.'
'Heeft hij je het ook verteld, dan?
Ik bedoel zijn reis naar Verweggistan.'
'Jazeker, ik bracht hem op het idee.
En vanzelfsprekend mag ik mee.
We gaan er zodadelijk heen.
En dit keer ga ik met hem alleen.'

Verweggistan, Verweggistan,
Tim gaat naar Verweggistan.
En met wie gaat hij daarheen?
Dat weet Tim alleen.

IJsbeer botst bijna op tegen piraat.
'Ahoy, mag ik vragen hoe het gaat?
Zag ik je niet praten met koe?
En waar ga je nu naartoe?'
'Druk, druk, druk,' zegt ijsbeer.
'Ik ben op weg naar de jongeheer.
We gaan samen naar Verweggistan.
Dat is alles wat ik zeggen kan.

Zweer dat je het voor je houdt.
Dit is zo geheim als een kist vol goud.'
'Goud, ach wat is dat toch een heerlijk woord!
Verweggistan lijkt me een zalig oord.'
'Ja, maar er is net genoeg plaats voor twee.
Daarom neemt Tim mij alleen mee.
Nou, ik moet er echt vandoor.
maar niet verder vertellen, hoor.'

Verweggistan, Verweggistan,
Tim gaat naar Verweggistan.
En met wie gaat hij daarheen?
Dat weet Tim alleen.

Piraat loopt naar giraf.
'Zeg, kun je zwijgen als het graf?
Ik heb daarnet een tip gehad
over een enorme schat.
Een woord van vier letters: GOUD.
Zweer dat je het voor je houdt!
Het is in de buurt van Verweggistan.
Dat is het enige wat ik zeggen kan.
Ik ga er met Tim heen.
En deze keer gaat hij met mij alleen.
Maar het is geheim, hoor!
Vertel het dus aan niemand door.'

Verweggistan, Verweggistan,
Tim gaat naar Verweggistan.
En met wie gaat hij daarheen?
Dat weet Tim alleen.

'Hoi giraf,' roepen de pinguïns in koor.
'Opzij, opzij, laat me erdoor.'
'Je stond net bij piraat, is er iets?'
Giraf zegt: 'Nee hoor, helemaal niets.
Het gaat over Verweggistan.
En verder weet ik nergens van.

Tim reist er zodadelijk heen,
en hij gaat met mij alleen.
Er zijn daar heel hoge bomen, moet je weten,
waarvan je de lekkerste blaadjes kunt eten.
Ik heb al te veel gezegd, hoor.
Vertel het echt aan niemand door.'

Verweggistan, Verweggistan,
Tim gaat naar Verweggistan.
En met wie gaat hij daarheen?
Dat weet Tim alleen.

'Joehoe, pinguïns,' tettert olifant.

Ze gillen: 'Aan de kant!

Wij gaan met Tim naar Verweggistan.

Olifant zegt: 'Daar weet ik helemaal niets van.'

'Klopt, maar wij zijn Tims lievelingen.

Daarom vroeg hij of we meegingen.

Hij gaat er zodadelijk heen.

En dit keer gaat hij met ons alleen.

Vertel het echt aan niemand door.

Dag! We moeten nu opschieten, hoor.'

'Hé,' roept walvis naar de kant.
'Wat kijk je zielig, olifant.'
'Ik ben ook helemaal niet blij.
Niemand houdt van mij.'
Walvis vraagt: 'Wat is er dan?'
'Tim gaat naar Verweggistan.
Ik had ook een uitnodiging verwacht.
Maar Tim heeft aan mij niet gedacht.'

'Gut,' zegt walvis.
'Als dat alles is.
Je vraagt aan Tim: "Mag ik ook mee?"
Is dat geen goed idee?'
'Verweggistan, Verweggistan.
Waar ligt dat eigenlijk, dan?'

Verweggistan, Verweggistan,
Tim gaat naar Verweggistan.
En met wie gaat hij daarheen?
Dat weet Tim alleen.

'Hé, Tim, gaat het door?
We zijn er helemaal klaar voor.'
Alle knuffels staan voor Tims bed.
Hij vraagt: 'Hoe weten jullie het?'
Eén van de pinguïns schudt zijn kop.
'Och, we vingen het ergens op.'

'Boe, boe,' roept koe. 'Boe!
Gaan zij er ook allemaal naartoe?
Alleen ijsbeer ging toch mee?
Verweggistan was zijn idee.
Dat heb ik zelf van hem gehoord.
Echt waar, dat zei hij, woord voor woord.'

Tim roept: 'Het is echt heel erg fijn,
dat jullie dankzij ijsbeer op de hoogte zijn.
Hoezee, daar is ook walvis.'
Die zegt: 'Als ik me niet vergis,
wordt er een reis naar Verweggistan ondernomen.
Tenminste, zo heb ik vernomen.

En nou wilde ik even weten:
ben je mij en olifant vergeten?'
'Ja,' zegt olifant verlegen.
'Ik kwam namelijk de pinguïns tegen.
En daarom vraag ik het maar.
Ik wil ook graag mee, vandaar.'

Tim zegt: 'Naar Verweggistan?
Hoe kom je erbij? Niets daarvan!
Ik ga bij oma slapen, hoor.
Daar is deze koffer voor.
En er is plaats voor iedereen!
Kom erin, we vertrekken meteen.'

'Ik wens jullie erg veel plezier.
Maar ik blijf lekker hier!'
zegt walvis vanuit het water.
'Dag allemaal, tot later!
Een reis in de koffer, welnee.
Ik hoor nu eenmaal in de zee.'

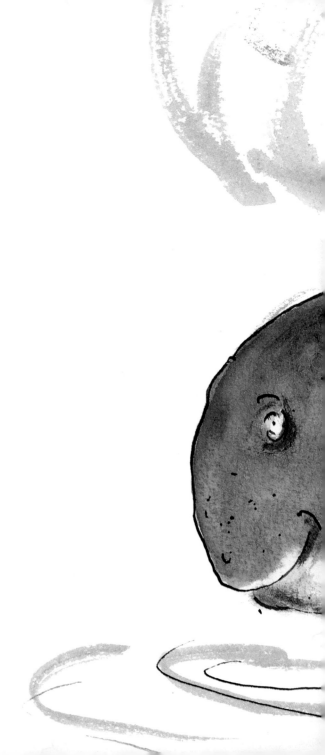

Tim knikt en doet de koffer dicht.
Dat scheelt ook weer in gewicht.
Hij zwaait: 'Dag walvis, dag kamer, dag huis!
Morgen komen we weer thuis.'